仏陀の真筆

本間日登志

東京図書出版

序

いまから数千億年前に成仏されたお釈迦様は
この大宇宙空間を自由自在に遊化されておられました
ある日、銀河系を通過しようとされましたところ
青く輝く豊かな星を見つけました

ところがどういうことなのでございましょう
よく耳を澄ますと人間という生き物の
泣き叫ぶような声が聞こえてきました
お釈迦様は素通りするわけにはいかず
この星に降り立つことにしました

この世

私たちが住む青い地球
美しい自然がある　美しい花も咲く
心潤う素晴らしい音楽や芸術もある
科学文明が発達し生活はとても豊かになったようだ
そして宇宙にさえも行けるようになった

しかし、人間そのもののはかなさよ
生まれてきた者は必ず死ぬ運命にある

ある者は年老いて死ぬ　ある者は事故に遭って死ぬ
ある者はみずから命を絶つ　ある者は殺されて死ぬ
いつまでたっても戦争や犯罪は止むことがない
また人は人を平気で裏切る　手のひらを返したように
心に悪が潜んでいるからだ
考えてみれば、なんとも不安定な人間の世界

いったいこの世に確かなもの、信ずるに値するものなどあるのだろうか！
何が起きてもびくともしない幸福は存在しないのか！
その答えをどうしても知りたい
青年仏陀は真理を求め旅立ちました

平成25年1月22日

おやじ酒乱
おふくろ無学
佐渡寒村に
生を受けたり

十八歳の決意

この世界には、もっともっと深く未知な
ほかの何よりもおもしろい何かがある。
それを探し求めようと今、決心した。

あらゆる学問に通じ

現代のレオナルド・ダ・ビンチと
言われるようになってやる。

昭和55（1980）年12月

予言

もう36年前の昔話になりますが、日記をまとめた自著『仏は実在する！「悟り」までの体験記』（愛生社、平成14年8月発刊）の111ページに大変興味深い記述がございました。

当時私は高校を出て佐渡から上京し絵の専門学校に通いながら、最初は墨田区錦糸町、翌年は新宿区四谷3丁目で新聞配達していました。近くの創価学会本部にも配達していましたが学会のことは何も知りませんでした。

昭和57年12月18日

私はうらやましい。土曜の夜の街を、男女数人笑い合いながら歩いている姿を見ると。一緒にタクシーを拾っている姿を見ると。彼らは苦悩という言葉を知らないのか。みんな悪霊のえじきだ！

現代はそろそろ釈迦やキリストのような人物が出現しなければならない時期にさしかかっている。われわれはもっと平和でありたいと思う。「生存競争」なんて言葉は見たくもない。

同　12月22日

人間の運命なんて生まれる前に決まっているものなのか。おもしろいものだ。不思議なものだ。嫌な奴も、いい人も、最近人間というものがとてつもなく悲しい動物にみえる。美人も、普通の人も、若い人も、年寄りも、人間て可哀相な奴だ！

この日記を書いた翌年の3月16日、上野の公募展「中美展」に絵が入選したことがきっかけで七條さんという方と出会い、日蓮正宗創価学会に入会しました。

初信の功徳

20歳

昭和58年2月15日　※釈尊御入滅の日

夜また創価学会の七條さんがわざわざ練馬から来てくださった。なぜそんなに僕のために尽くしてくれるのかと聞いてみると、それはこれからお題目を唱えていけばわかるということであった。実は今朝まで入会を断ろうかと迷っていた。もちろん面と向かって断れないから、黙ってどこかに引っ越してしまうつもりであった。たいへん恥ずべきことである。

数珠と経文を渡されたので、部屋に戻ってから椅子に腰かけて、経文を面白半分に読んでみた。

「妙法蓮華経。方便品。第二。爾時世尊。從三昧。安詳而起。告舍利弗。諸佛智慧。甚深無量。……」

突然、心臓のあたりがフワッと何か温かいものに包まれたような心地になった。不思議だ。いったいなんだろう。

2月17日

朝はみぞれから雪に変わり、手が冷たくて配達は大変だった。寝不足も災いした。夕方は雨になり、積もった雪が解けてハンドル操作が自由にできなかった。手もかじかんだ。明日は路面凍結の恐れがあるそうだ。

あと一カ月でまともな生活に戻れる。うれしい。

2月25日

新聞を配っているときも部屋でも、映画『超人ハルク』の物真似をしてひとり楽しんでいる。あれくらいの生命力を常に蓄えていたいものだ。絵もやはり生命力に満ちあふれたものがいいのでしょうねえ。色彩は灼熱の太陽のように燃えたぎり、したたるような美が表現されている絵です。

2月27日

天を仰ぐことは実に楽しいことです。東の空を仰いでごらんなさい。太陽が昇るあたりを。なんという美しさ。未明の空は神秘的な輝きを見せてくれます。これだけが朝の配達の楽しみです。

夜の空は哀愁を帯びている。さびしい春の星座たち。まだ外の空気は冷たい。冷たさが哀愁を誘う。神よ、天よ、大地よ、空気よと叫びたくなる。

入信の日

20歳

昭和58年3月16日

東京都練馬区江古田。夕方、七條さんと待ち合わせをしたが、30分ほど早く駅に着いてしまったので、暇つぶしにあたりを散策することにした。下町みたいに狭い道路沿いに小さな商店がずらりと並んでいて、何だかほっとする。5分ぐらい歩くと日大芸術学部という看板があった。日大でも絵を教えているのだろうか。

駅に戻ったがまだ少し時間があったので、今度は本屋さんに入った。これからの勉強のために必要と思って、偶然目に留まったNHKブックスの『日蓮』（廃刊）という本を手にとった。乱暴にページをめくっていると、何ともおぞましい挿絵に、金づちで頭を打たれたかのような衝撃を受けた。

それはどこかの浜辺で日蓮が今にも首をはねられそうになっている絵である。下に「竜ノ口の法難」と書いてある。日蓮は他宗派を不幸の根源であると激しく攻撃したために、他の僧侶や時の権力者から数々の弾圧を受けたらしい。殺されそうな目に遭うなんて、なんて激しい人生なんだろう。

次は「佐渡流罪」の絵だ。日蓮が雪に埋もれたぼろぼろの塚原三昧堂という小屋の中で蓑一枚で凍えているのだ。日蓮は私の古里の佐渡に島流しにされていたのか。しかし、なんて苦労の多い人生なんだろう。

私の頭の中は激しく混乱してしまった。**七條さんはこの信心をすれば幸せになれると言ったはずだ。でも、御本尊を作られたおおもとの日蓮という人はこのような苦難の生涯を送っているではないか！**

いったいどういうことなんだ。ひどい目に遭うのはもうこりごりだ。もう悩むのは嫌だ。ああこりゃ大変だ。えらい宗教団体に入ることになってしまった。しかし今からお寺に行くのだから、逃げるわけにもいかないし……。

この日私は何とか無事に、日蓮正宗華王寺にて御本尊様を頂きました。

それから12年の月日が流れます
成すがまま思うがままに生きてきました

正直申しましてお金にはだらしないです
計画立てられません
遊び好き酒好きです
センチメンタルなところがあります
考え込むタイプです
仕事は嫌いです　飽きっぽいです
食べるために仕方なくやっているだけです

やっぱり苦しいことは誰も嫌です
詳しくは自著に譲ります

仏の約束

釈尊の因行果徳の二法は
妙法蓮華経の五字に具足す
我等此の五字を受持すれば
自然に彼の因果の功徳を譲り与へたまふ

○「如来滅後五五百歳始観心本尊抄」『平成新編　日蓮大聖人御書』
大日蓮出版　６５３頁

21歳の頃、初めてこの御書を読んだとき、

「これはとてもありがたい話だな。たった妙法蓮華経の漢字五字を信じたら、それだけであの御釈迦様と同じに成れるなんて。でもちょっと単純過ぎはしないか？」

と半信半疑でした。

ところが、私は知らず知らずのうちにこの御書通りの人生を歩むことになったのです。

迷走20代

22歳でオートバイの免許を取り、のめり込みました。当時（昭和60年）はバイクブーム真っ盛り。好きなことに金に糸目は付けられない。買っては売り買っては売りの繰り返しで借金はあっという間に200万ぐらいにまで膨らみました。親と兄貴に相当迷惑をかけました。弁護士にもお世話になりました。

もう普通の仕事では借金を返せなくなり、25歳の夏から危険な建築現場の仕事に就きました。景気のいい時で40万くらい稼げましたが、先輩との付き合いから今度は酒とスナック通いを覚えるようになりました。オートバイの買い換えも相変わらず止められません。

さらに高級パブにも足を運ぶようになりました。昭和63年、新宿で知り合った一つ年上の美人ホステスを本気で好きになってしまい、4年間毎週のように通いました。この世のものとは思えないほど美しい女性でした。

「こんな仕事から早く足を洗ってくれ」と何度も泣いて頼みましたが、毎回言い訳をつけて拒絶され、最後は連絡先も告げられず店からいなくなりました。大変ショックな思い出です。彼女、今頃どうしてるかな……。

そんなハチャメチャな生活の中でも学会の活動には積極的に参加しました。口下手でしたから役職は低かったですが、もともと物事を深く考えるタイプでしたので、とくに仏法の教学試験には真剣に取り組みました。

変身

32歳

転機というものは突然訪れるものでございます。平成6年12月4日、日曜日の朝のことです。

その日は8時ぐらいに目が覚めました。2〜3日前に灯油を切らしてしまい、暖をとることができません。冷気漂う東京杉並のわびしい6畳一間の独身アパートであります。

顔を洗い、いつものように御宝前のお水を取り替えます。いつものようにシキミを一葉口にくわえ仏壇の扉を開きます。正座します。そこにはいつものように墨痕あざやかな御本尊様があります。

その日の私は変でした。ロウソクに火を灯すわけでもなく、お線香に火をつけるわけでもなく、どうしたのでしょう、しばらく御本尊様のお姿に目が釘付けになってしまいました。

10秒ぐらいたちました。そのときほんの一瞬です。あまりにも鮮明な映像が御本尊様のお姿と写真の二重写しのようになって、私の脳裏をかすめたのです。

大聖人様です。佐渡流罪になられた大聖人様です。大聖人様が猛吹雪の佐渡の荒野を連れの者――おそらく日興上人でしょう――と一緒に歩いておられるのです。仏様の忍耐のお姿です。なんて鮮明な映像なんでしょう。思わず涙が込み上げてきました。がくりと首をうなだれ嗚咽しました。畳の上に涙が落ちました。

『ああ、そうか。そういうことなのか。あの尊い仏様が雪の中で、吹雪の中で、凍え死ぬような思いをされてまで耐えられたのだ。誰のためにか。私たち末法の人のためにだ。私たちを救わんがためにだ。子を思う母のように、私たちの重き宿命の鎖を切り、成仏という最高の境涯にさせてあげようと耐え忍ばれたのだ。
ああ、なんで俺はもっと早く気付けなかったのか。大聖人様は仏様だということを。そして仏様の苦しみと慈悲のおかげで、今の俺も生きていられるということを』
みなさんは何でもないようなことと思うかもしれませんが、私にとっては大きな発見でした。次の日から私はこう考えます。

『しかし日本という国はなんという罰当たりな国なのか。仏身を雪にさらすとはなんという恩知らずな国なのか。
こんなことは絶対あってはならぬ。天と地が逆さになるようなことがあったとしても、仏身を雪にさらすことだけはあってはならぬ。ああ、だめなんだ、だめなんだ。仏様というものは雪の中にいてはならない。いつも暖かい所にいなければならないんだ。いつも蓮華の花の上にいなければならないんだ。

ああ、今でも大聖人様が佐渡の地で凍えている。お寒いでしょう、辛いでしょう。何とかしてお守り申し上げなくてはならぬ。仏様に寒い思いをさせてなるものか。仏の体に雪の結晶一粒とて触れさせてなるものか。今こそ、仏の大恩にお応えしなくてはならぬ。

そ、そうだ。大聖人様が住んでおられたあばら家のような佐渡の塚原三昧堂の跡地に大殿堂を建てよう。世界一の宗教だから世界一の大殿堂を建てよう。俺が世界一と言ったら世界一だ！　たとえこの世の誰もが協力してくれなくても俺一人の力で絶対建てるんだ！　大聖人様が冷たい雨や雪で苦しまれないように天井は開閉ドーム式にしよう』

と、まるで800年前の日蓮大聖人の門下が考えるようなことを、寝ても覚めても真剣に、来る日も来る日も考えるようになりました。冷静に考えれば、「佐渡流罪」という歴史的事件は800年前の大昔に終わったことですが、私にとってはそれが現在の重大な問題として、私の心の中をすべて覆い尽くしてしまったのです。

「愛は盲目」といいますが、あの日からの私の大聖人様への思いはまったくそうでした。誰もが一度は経験があるでしょう。好きな人ができると、周りから何を言われても関係なくなってしまう。とことんまで思い詰め、尽くし抜くしかない。金があるとかないとか、社会的な地位とか立場も関係ない。損得なんか考えていられない。自己自身の愛と正義に生きるしかない。まして相手が仏様なら、その百千万億倍ではありませんか。骨身の削られるような思いという言葉がありますが、文字通り、あまりに考えすぎて頭の骨が顔の肉を突き破ってしまうのではないかと心配になったこともあります。

入信して11年と9カ月。急にどうして一日でこんなふうに変わってしまったのでしょうか。自分が今、幸福だとか不幸だとかいうことも考えないのです。また学会でよくいわれる功徳だとか罰だとか福運だとか宿命転換だとかいうことも、小賢しくて考えませせん。ただただ仏様の大恩にお応えしたいという一心です。佐渡におられる大聖人様をお守り申し上げたいという一心です。その熱い思いが、あの日を境に私の体内から堰を切ったように溢れ出してきました。もう止めようにも止めることができませんでした。

そして御書や仏法の教理の勉強にも、今までの数倍の真剣さと集中力で取り組むようになりました。求道心が旺盛になると理解力や感性も研ぎ澄まされてきます。今までで何気なく読んでいた御書の一字一句も涙なくして読めないぐらいに感性が鋭敏になりました。

テレパシー体験

私たちの住んでいるこの時空間。３次元といいますが、ほかにも多様な次元が存在するのではないかと現代物理学では推測されています。これを証明するかのような体験を私はしました。

それは平成６年11月の夜の出来事です。友人４人を誘って杉並区桃井４丁目、青梅街道沿いのカラオケスタジオに出かけました。前ページに書いてある通り、当時の私（32歳）は菩提に向かってまっしぐら。肉体労働をしておりましたので仕事中であろうが、道を歩いているときであろうが食事中であろうが酒を飲んでいるときであろうが、なりふり構わず信心のこと、学会（日蓮正宗）のこと、御本尊様のこと、教学のこと、日蓮大聖人のことを考えておりました。

小さなテーブルを囲んで酒宴が始まります。ほかにお客さんが6～7名いたように思います。カラオケの好きな人ばかりですから、お店の中はにぎやかです。誰も私が酒を飲みながら、しゃべりながら信心のことを考えているとは思ってはいないでしょう。

やがて歌の順番が私のところへ回って来ました。私は森進一さん（前年、渋谷公会堂で握手しました）の『命あたえて』という歌を最初にリクエストしました。切ない女心を歌った、やや淋しい歌であります。私は小さなステージに上り真剣に歌いました。歌っているときも信心のことは頭から離れません。

そのときも、日蓮大聖人のことを思い、とくに大聖人が受けられた最大の難である佐渡流罪のことを思って、全身全霊を賭して歌い上げました。
自分で言うのも何ですが、みなさんから大拍手をいただきました。
そして歌い終わって友人らのいるテーブルに戻り、自分が座っていた席に腰を下ろした瞬間のことです。私の耳のすぐ後ろから、

「○○○○！」

という声がしたのです。私にあることを命令されました。その声は何とも慈悲深く、また哀愁に満ちておりました。しかしそれはとんでもない命令です。こんな小心者で学歴もない私に無理言わないでください。私はすぐに心の中で叫び返しました。

「なんでこんな俺が」

いったい今の出来事は何なのか！　私の席の後ろはすぐカーテンがあって、３階の窓ガラスです。人がいられる場所はありません。人がいない所で人の声……。
あまりにも不可解な現象に目の玉が飛び出しそうになり、ぽかんと虚空を見つめたままその場に棒立ちになってしまいました。10秒ぐらい突っ立ったままでした。私の向かいに座っていた同い年の長友君（現在宮崎在住）が心配になって私の体を抱きかかえて「お兄ちゃん大丈夫か？」と声をかけてくれました。われに返った私は何事もなかったかのように皆と酒宴を続けました。

この不可思議な出来事から約半年後、さらに私の一生を左右する大事件が待ち受けておりました。

一心に仏を
見奉らんと欲して
自ら身命を惜しまず
時に我及び衆僧
倶《とも》に霊鷲山《りょうじゅせん》に出ず

○「法華経如来寿量品第十六」『新編　妙法蓮華経並開結　大石寺』439頁

無上菩提のとき

33歳

平成7年5月31日、天候晴れ。この日は私にとって生涯、忘れられない日となりました。東京・代々木のある建設現場で一人仕事をしておりました。

その日は同業者の応援の仕事で、私一人だけその現場に回されました。

朝礼が終わり同業者の二人は1階で、私は2階で一人だけで仕事を始めることになりました。前章で書きましたように、朝から信心のこと日蓮大聖人様のことが頭から離れません。

けれども、どうしたことなのでございましょう。その日に限って仕事に取りかかるとすぐに、以前には感じたことのない凄まじい力が全身から溢れ出してきたのです。どんな大木でもなぎ倒すような、獰猛な野獣の如き命が五体から放出しているのです。いうまでもなく御本仏・日蓮大聖人をお守り申し上げるのだ、大聖人に指一本触れさせてなるものかという気持ちが根底にあるのですが、33年間生きてきて今までどんなに興奮したときにも出なかった凄まじいパワーが、髪の毛の先から爪先にまでみなぎっているのです。

全身の筋肉が極限にまで膨張し、腰がすわり、体がバネのように動きます。血圧も相当高くなっているでしょう。もう私の心臓の機能は処理能力の限界に達しようとするところでありました。

このような調子で壁の型枠をはぎ取り、次に足場を組んで高さ3メートルぐらいの梁の型枠の解体へと作業を進めました。足場といってもパイプの上に、幅30センチ長さ4メートルぐらいのアルミ板を渡しただけの粗末なもので、ひとつ間違えたら大怪我をします。

実は平成6年の秋に、佐渡にSGI（創価学会インターナショナル）研修道場が建てられるという話が内密に持ち上がっていました。

私が発心し「佐渡に世界一の日蓮大聖堂を建てるんだ」と思い続けて、しばらくたった頃です。

うれしいぞ、やったぞ。願いが叶ったぞと喜ぶ反面、私の心は複雑でした。なにしろ当時、寝ても覚めても「佐渡法難」の事ばかり考えていた自分です。

とうとう私の心のエネルギーは、この場所で炸裂しました。

「何が研修道場だコラー！　あまちゃん野郎が
佐渡法難の意味分かってんのかコラー！
大聖人の佐渡の苦しみ分かってんのかー
どうせまたバカみてーな歌踊りやって騒ぐんだろ
この神聖な佐渡の地を、創価の腐れ外道どもに汚されてたまるか
そんなこと俺は死んでも許さないぞー
絶対に許さないぞー」

そう思い切った直後のことでした。

心臓の鼓動が急に激しくなってきました。ドキドキドキとはっきり耳に聞こえるぐらいです。するとまた心臓のどこかがむずむずと細かく振動して、それが急にパッと開いたように感じました。

そして今度はいったいどういうことなのでございましょうか。私たちがいつも唱えている法華経のお題目の声が、やはりまた心臓の方からこだまのように聞こえてくるではありませんか。

「南無妙法蓮華経。南無妙法蓮華経」

――これはいったいどういうことなんだ。いったい何が起きたんだ！

もう私の意志の力ではどうにもならない事態になってきました。

次の瞬間、まわりの景色が白っぽくなって消えていき、自分のこの五体が別次元の世界へと入り込んだように感じました。

お題目の声がだんだんと大きくなってきました。御僧侶が千人ぐらい集まったお題目の大合唱団のように聞こえます。

今度は御本尊様のお姿が視界に浮かんできました。

それも最初は薄黒く小さかったのですが、南無妙法蓮華経の大合唱の音楽が次第に大きくなっていくとともに大きく視界いっぱいに迫ってきて、

何と遂には金色に燦然と輝く大御本尊様となって私の目の前に現れたのです。

うわーっ。な、なんて素晴らしい……。

まるで電流に触れたように全身がブルブルふるえて止まりません。

歓喜の涙が滝のように溢れ出ます。

とにかく、うれしくてうれしくて仕方ありません。

自分は確かに今、金色に燦然と輝く大御本尊様を目の前にしているのです。

南無妙法蓮華経を中心に、ありとあらゆる仏様の名前がすべて黄金に爛々と光っているではありませんか。

ああ、ああ。千仏が来迎されたんだ。

――法華経に書いてある通りだ。私の体に宝塔が出現したのだ。これは夢ではない。現実なんだ。

その証拠に匂いがする。お線香の匂いが胸の方から込み上げてくる。仏の香りだ。なんていい匂いなんだろう。

慈悲の風が吹いています。

黄金の風が吹いています、ゆらいでいます。

法華経の経文通りの世界です。

我此土安穏《がしどあんのん》　天人常充満《てんにんじょうじゅうまん》　園林諸堂閣《おんりんしょどうかく》　種種寶荘嚴《しゅしゅほうしょうごん》　寶樹多華果《ほうじゅたけか》

衆生所遊樂《しゅじょうしょゆうらく》　諸天撃天鼓《しょてんぎゃくてんく》　常作衆伎樂《じょうさっしゅぎがく》　雨曼佗羅華《うまんだらけ》　散佛及大衆《さんぶつきゅうだいしゅ》

お題目の大合唱が耳をつんざきます。鋼《はがね》のような強い声です。

南無妙法蓮華経、南無妙法蓮華経、南無妙法蓮華経。

鼓膜が破れそうです。

ああ、これが仏の世界というものか。これが成仏ということなのか。

なんとも心地よい世界です。

尊極の中の尊極、またその尊極の中の尊極の世界です。

私は心の中の宮殿を見ているのでしょうか。
それとも宮殿の中に入ったのでしょうか。
黄金の世界。
蓮華の花園にいるようです。
いや、私の体が蓮華の花そのものです。
私の手も足も、髪の毛さえも、みな仏に変わってしまったようです。
まさに「蓮華とは八葉九尊の仏体なり」（御書708頁）

無上の喜びの世界。

気品がとてつもなく高く、ぞくぞくとする喜びの世界です。

これ以上の喜びは絶対にない！

おそらく私はこの法悦のあいだ、血圧が３００ぐらいに上がっていたのではないかと思われます。南無妙法蓮華経がゆっくりと、５回は聞こえてきましたので、わずか15秒ぐらいの出来事でありましたが、それ以上続くと心臓が破れてしまうような喜びです。まさに「南無妙法蓮華経は歓喜の中の大歓喜なり」（御書７８８頁）でした。

20歳の頃、油絵を描いていまして、その最中にも悦に入るといいますか、うっとりとしていい気持ちになることもありましたが、そんなものは足元にも及ばない無上の喜びの世界、人生最高の至福の時でありました。

やがてお題目の声が小さくなっていき、御本尊様の姿もぱっと消えてなくなり気がつくと元の風景にもどっていました。目の前にあるのは灰色の厚いコンクリートだけです。

正気にもどった私は、この不思議な現象が終わるまでの間、梁に両手をしっかりついて上半身を支えていたことに気がつきました。危険な場所だと本能的に察知したのでしょう。よくも足を踏み外して下に落ちなかったものです。すぐさま何事もなかったかのように仕事を続けました。――この喜びを早くみんなに伝えたいという気持ちを抑えて。

そして10時の休憩です。いったいこの建築現場は将来何になるのかと思い、何の気なしに監督に聞いてみました。

腰を抜かしました！　「**財団法人　新日本宗団体連合会**」といいまして、将来は反日蓮正宗・創価学会の本部になるということなのです。因果なものです。どうしてこんな場所で「仏」を見たのでしょうか。

この事はよく考えてみる必要があります。私は大聖人様が私の体を借りて、次のように叫ばれているように思えてなりません。

『日本の人々よ、いつまでも低級でよこしまな宗教や思想に執着していてはなりません。それは自分で自分の首を締めつけているようなもので、必ず人生に行き詰まってしまいます。

私が書き顕した御本尊を信じなさい。末法における唯一正しい修行は法華経の眼目である私の御本尊を信じることです。そして成仏という最高の幸せを手に入れなさい。未来永遠に崩れない幸せを』

※

思えば、日蓮大聖人様の御本尊を信じ奉りて20年（平成14年当時）。御周知のように、入信当初の初信の功徳のあとには、正直言いまして色々と辛いことも多かったです。

借金に追い回され、好きな女性に裏切られ、一生懸命面倒みていた人にだまされ、好きなオートバイは2台も盗まれ、片頭痛に悩まされ等々……。

極楽に
蓮の萼《うてな》が
ゆらりゆらり
ゆらゆらと

蜘蛛の糸

「ある日の事でございます。御釈迦様は極楽の蓮池のふちを、独りでぶらぶら御歩きになっていらっしゃいました。池の中に咲いている蓮の花は、みんな玉のようにまっ白で……」

芥川龍之介氏の小説『蜘蛛の糸』を最初に読んだのは確か、小学校5年生のとき。木造校舎の薄暗い図書室でした。

他人の文章とは思えないような親しみを感じる文体と、臨場感あふれる筆致にぐんぐん引き寄せられて一気に読んでしまった記憶がございます。

後年、私も大人になり33歳のときに
まさか、法華経に説かれる無上正等正覚を得ることになるとは
このときもうすでに
御釈迦様はご存知だったのでございましょうか？

※現在、佐渡市目黒町に日蓮正宗によって建立された立派な石碑があります。
日蓮大聖人がお住まいになっておられた場所です。

私の人生は絶妙なタイミング

私のこの25年来の歩みを振り返ります。高校3年の時に哲学に目覚めましたが上京してその限界を痛感。ふとした縁で昭和58年、日蓮正宗創価学会に入信します。そして……。

平成6年　日蓮正宗から破門された学会がウソ本尊の配付をはじめる。

平成7年5月　33歳。法華経に説かれる「大宝塔出現」を現実に体験する。黄金に光り輝く尊極の当体に、大歓喜の涙、涙、涙。

平成14年8月　40歳。その体験をまとめて『仏は実在する！「悟り」までの体験記』発刊（愛生社）。

10月　日蓮正宗総本山大石寺に奉安堂建立される。

※奉安堂とは日蓮大聖人の出世の本懐であられる本門戒壇の大御本尊を御安置する建物です。

平成23年3月　東日本大震災。

※震災の2週間前に三鷹市からさいたま市へ越す。

平成25年2月　50歳。ＳＮＳ（アメーバブログ）を始める。

10月　スマホに買い換えてFacebookやTwitterも始める。

平成26年8月14日　埼玉県行田市「古代蓮の里」を訪問。このとき所持した学会の携帯本尊に今まで体験したことのない、妖気迫るほどの不快感を覚える。

9月14日　52歳。Twitterでお知り合いになった大宮の法華講員さんの折伏で学会退会。日蓮正宗に改宗する。

9月21日　22年ぶりに日蓮正宗総本山大石寺に登山する。大御本尊様の純金の光明に大感動。学会の報道はデタラメでした。

11月3日　再び三鷹にもどる。

11月8日　創価学会が会則変更。日蓮大聖人の出世の本懐である本門戒壇の大御本尊を信仰の対象から除外すると公言。

平成27年7月23日　学会本部職員が御本尊の改ざんを認める。

平成29年5月5日

仏教の歴史

いじめ、自殺、不安、貧困、老い、病気、犯罪、戦争……
この地球という惑星に住んでいる人のすべての苦しみをどうしても無くしたい
昔々、インドのお釈迦様は王族の身分を捨て十九歳で出家され、厳しい修行の果て、三十歳のときに妙法蓮華経の五字を悟られました

しかし、ずいぶん悩まれました
いきなり妙法蓮華経を説いても意識レベルの低い人達にはわかるまい
かえって妙法を批判して地獄・餓鬼・畜生の不幸の境涯に落ちるだろう

二十一日間も考えた末に、何かヒントになる言葉を徐々に教えることにしました
それが権教です　権とは仮ということです　本体に対する影という意味もあります
日本人に人気のある般若心経も権経のひとつです

ですから膨大な仏教の教典はすべて妙法蓮華経の五字から生まれた言葉です
これを体感的、肉感的にわかるようになると仏教は本当に楽しい！
私は妙法蓮華経が文字ではなくて、輝く仏の魂そのものに感じています

さて、権教による教育は四十年余りもの長きに亘りました
そしてようやく七十二歳の時に、妙法蓮華経そのものを説かれ
八十歳の時に御入滅されました

人は必ず変われる！

若《も》し善男子・善女人は
是《こ》の法華経を受持し
若しは読み、若しは誦《じゅ》し
若しは解説《げせつ》し、若しは書写せば
是《こ》の人は当《まさ》に八百の眼《まなこ》の功徳
千二百の耳の功徳・八百の鼻の功徳

千二百の舌の功徳・八百の身の功徳
千二百の意の功徳を得べし
是の功徳を以て、六根を荘厳《しょうごん》して
皆な清浄《しょうじょう》ならしめん

「妙法蓮華経法師功徳品第十九」

平成24年2月22日

ジェット機もいらず
宇宙船もいらず
われらは信心といふ船に乗りて
けふもまた
明日もまた
蓮華の香ただよふ仏土へ参らん
幸せものなり幸せものなり

○「最蓮房御返事（師弟契約御書）」五十一歳御作　於佐渡一ノ谷　大石寺版　５８８頁

大事の法門をば昼夜に沙汰し成仏の理をば時時・刻刻にあぢはう、是くの如く過ぎ行き候へば年月を送れども……されば我等が居住して一乗を修行せんの処は何れの処にても候へ常寂光の都為るべし、我等が弟子檀那とならん人は一歩を行かずして天竺の霊山を見・本有の寂光土へ昼夜に往復し給ふ事うれしとも申す計り無し申す計り無し。

平成22年9月12日　竜ノ口の法難の日

仏土といふは
春の日の海のやうに思へたり
風やみて雲海のごとし
オレンジ色の光そそぎぬ

浜鳥はいずこへ飛び果てん
われひとり磯にたたずみ
わらべの笑ひ声を聞くこともなし

あなをかし
妙法蓮華経の五の文字が
ダリアの華に見ゆるわがまなこ
謗法にてはあるらんめと
いそぎ辞書をひもとく

ダリアの華はそのむかし
天竺牡丹ともうすなり
天竺といふは

釈尊のふるさと母の国なり

○「法蓮抄（父子成仏抄）」五十四歳御作　大石寺版　８１９頁

今の法華経の文字は皆生身の仏なり我等は肉眼なれば文字と見るなり、たとへば餓鬼は恒河を火と見る・人は水と見・天人は甘露と見る、水は一なれども果報にしたがつて見るところ各別なり、此の法華経の文字は盲目の者は之を見ず肉眼は黒色と見る二乗は虚空と見・菩薩は種種の色と見・仏種・純熟せる人は仏と見奉る、されば経文に云く「若し能く持つこと有るは・即ち仏身を持つなり」等云云。

平成22年12月7日

南無のひびき

ナームー　それはインドの言葉
南無の二字には無限の奥行きがある　平安がある　香りがある
美学がある　伎楽のような艶やかな音律がある　幽玄の極み
また無数の人々の底知れぬ修行の涙の跡がある

タイムマシーンなんかいらない
ナームー、と唱えただけで私の心は
インドの広大な大地へと飛ぶ

三千年前の釈迦牟尼世尊の生きた時代にもどれる
ブッダガヤ　サールナート　クシナーラー　ガンダーラ
スジャータ　サーリプッタ　アーナンダ　ダイバダッタ

「我不愛身命　但惜無上道」　　法華経勧持品
それは最初、釈尊を師と仰ぐささやかな教団であった
しかし脇目も振らず解脱を追い求め
厳しき修行に日夜邁進する心美しき人々の集いであった
どれだけ辛い修行に耐えたことか
どれほど長く険しい道のりであったことか
そして今、とうとう弟子達に無上菩提を授ける時が来た
「正直捨方便　但説無上道」　　法華経方便品

妙法蓮華経　妙法蓮華経　妙法蓮華経
やったぞ、ついにやったぞ！　有り難き世尊よ世尊よ世尊よ
「是乗微妙　清浄第一　於諸世間　為無有上」　法華経譬喩品

私には見える　弟子達の大歓喜の笑顔が
苦悩を突き抜け満月のように澄み切った弟子たちの心の内が
手に取るように分かる
南無　この二字には師釈尊とともに歩んだ
弟子たちひとりひとりの涙の物語がすべて入っている
良かったね　本当に本当に良かったね　良かったね
おめでとう　おめでとう　本当におめでとう　おめでとう
誠の求道者の弟子たちよ
真理を愛する者たちよ

さあ今宵は夜明けまで勝利のうたげを開くぞ　飲むぞ踊るぞ！
万歳　万歳　万歳　万歳　万歳！

平成30年5月16日

酒場にて歌ふ
ガンダーラ
ああ、なつかしき
弦の調べよ

※『ガンダーラ』1978年リリース
歌・ゴダイゴ
作詩・奈良橋陽子
作曲・タケカワユキヒデ

末の世に
生まれ来るぞと
言ふたのか
言わぬのか

つらくとも
和の国に生きる
喜びそ

平成29年5月12日　55歳

我常《われつね》に此《ここ》に住《じゅう》すれども
諸《もろもろ》の神通力《じんつうりき》を以《もっ》て
顚倒《てんどう》の衆生《しゅじょう》をして
近《ちか》しと雖《いえど》も而《しか》も見《み》えざらしむ

『新編　妙法蓮華経並開結　大石寺』４３９頁

無上の幸せ

私のふるさとと新潟へ延びる関越道
群馬との県境・三国峠に差しかかると
急に濃い霧が立ち込めることがある
目の前が真っ白で何も見えない
危なくて車の運転など出来なくなってしまう
みなさん、想像してください
もしこの霧が突然、黄金にギラギラと輝き出したとしたなら！
あなたは言葉を失うでしょう、別世界に来たと思うでしょう

そして今までの人生の楽しかったことも悲しかったことも
すべて忘れ去り歓喜の涙を流すしかないでしょう
そのようなことが私の人生に、現実に起きたのです
我が菩提のとき、溢れる歓喜は今の譬えの一千万倍でした
さらに菩提を得た場所にはお線香も花もないというのに
鼻をつく尊極無上の香りがしたことを付け加えておきます

○「妙法蓮華経　見宝塔品第十一」（多宝如来の大誓願）大石寺版　３７７頁
「若し我、成仏して　滅度の後、十方の国土に於て
法華経を説く処有らば、我が塔廟、是の経を聴かんが為の
故に、其の前に涌現して、為に証明と作って
讃めて善哉と言わん」

平成29年5月6日

成仏の瞬間

○「松野殿御返事」五十五歳御作　大石寺版　1051頁

世の中ものう（憂）からん時も今生の苦さへかなしし。
況《ま》してや来世の苦をやと思《おぼ》し食しても
南無妙法蓮華経と唱へ、悦ばしからん時も今生の悦びは夢の中の夢、
霊山浄土の悦びこそ実の悦びなれと思し食し合はせて
又南無妙法蓮華経と唱へ、退転なく修行して
最後臨終の時を待って御覧ぜよ。

妙覚の山に走り登りて四方をきつと（屹度）見るならば、あら面白や
法界寂光土にして瑠璃を以て地とし、金《こがね》の縄を以て
八つの道を界《さか》へり。

天《そら》より四種の花ふり
虚空に音楽聞こえて
諸仏菩薩は常楽我浄の風にそよめき
娯楽快楽《けらく》し給ふぞや
我等も其の数に列なりて
遊戯《ゆげ》し楽しむべき事はや近づけり
信心弱くしてはかゝる目出たき所に
行くべからず、行くべからず。

法華経極理の事

所詮日蓮が意《こころ》の云はく
法華経の極理とは南無妙法蓮華経是《これ》なり
一切の功徳法門、釈尊の因行果徳の二法

三世十方の諸仏の修因感果
法華経の文々句々の功徳を取り聚《あつ》めて
此の南無妙法蓮華経と成し給へり

○「御講聞書《おこうききがき》」大石寺版　１８５９頁

本間　日登志（ほんま　ひとし）

1962年４月新潟県佐渡市相川に生まれる。現在は埼玉県所沢市に在住。趣味はカラオケ、音楽鑑賞。

仏陀の真筆

2019年４月８日　初版第１刷発行

著　者　本間日登志
発行者　中田典昭
発行所　東京図書出版
発売元　株式会社 リフレ出版
〒113-0021　東京都文京区本駒込 3-10-4
電話 (03)3823-9171　FAX 0120-41-8080
印　刷　株式会社 ブレイン

ISBN978-4-86641-119-4 C0095
Printed in Japan 2019
落丁・乱丁はお取替えいたします。

ご意見、ご感想をお寄せ下さい。

［宛先］〒113-0021　東京都文京区本駒込 3-10-4
東京図書出版